U0019215

愛之病

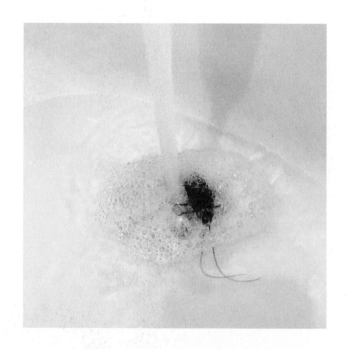

輯一
大人的玩具

52Hz

聾人聽了故事
感動到泣不成聲
啞巴也說
他從未如此撼動
盲畫家筆下的我們
看來幸福至極

我想就是了
這就是愛情了

滿載最好的命運來到你面前
渴望被安排甚至直接入住
你心底最深層的黑洞
不介意為你
拋下一整個宇宙

然後得到冷冷回應

我只是鯨魚研究員
我真的很忙下班後沒時間

2018/11/06

Blue Monday

討厭星期一
因為這代表思念還有四個漫長的夜
為了避免寂寞時容易吵架
妳訂下了遊戲規則

「張開嘴的時候親吻
沉默的時候擁抱」

如此一來便沒有彼此傷害的時候

人們忙著交配，沒時間相愛

每天早上醒來時
不記得枕邊人名字

對於親吻毫無感受
承諾是開口最大忌諱

性愛技巧高超
不擅長牽手

撫摸過各式各樣的身體
最熟悉的是旅館香皂氣味
/
家中兩隻貓熱愛爭吵
打架後為彼此舔毛

老舊的房門上貼著「囍」
每次大掃除老媽總是忘了撕

魚缸不斷重複播放
七秒鐘愛情故事

一個人只是在過活
有愛人才算真正活過

2019/01/25

大人的玩具

在他選擇回來愛我的時候
用曾經為他準備的玩具
和我也不愛的人上床

你反覆問我
這樣做真的好嗎
不懂為什麼要這樣子
畢竟他已經⋯⋯

我用舌頭阻止更多問句
使勁纏繞住你的疑惑
我要你知道我是認真的
認真想跟你做愛
現在
馬上
一刻都不能等

只是

你當然不懂
你不可能會懂
也不需要

我曾經為他買了很多玩具

只因他說他追求刺激
最後發現自己也是他的玩具
我想這的確很刺激

並且
在那麼多玩具當中
還不是他最愛的那個

而你只需要乖乖閉嘴享受就好

2018/12/15

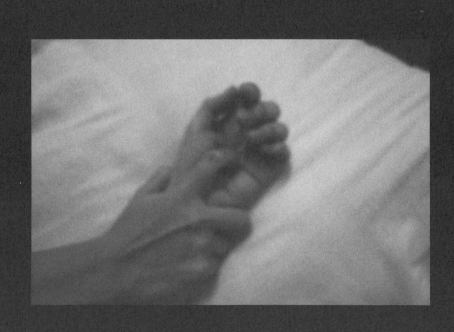

公平性交易

擁有三個床伴
他們只有一個暱稱
除了要避免喊錯之外
對我來說
他們都是一樣的

一樣的功能
一樣的身分
一樣的不愛我

2018/12/17

分手砲

交往需要雙方同意
分手卻是一個人的事

當初妳想走的時候
我也沒想過要多挽留
但曾經相愛
我們都溼了眼眶

妳說妳已經是我的形狀
想再玩最後一次強暴遊戲
然後和平分手各自生活

我其實很害怕惹麻煩
但想想我已經
被生活雞姦
被命運捉弄
被愛情唾棄
再強暴妳一次好像也沒什麼

這就是我娶妳的原因
而且孩子不能沒有媽媽

2018/12/27

外慾

你從惡夢中驚醒
滿懷怒氣大吼
在外面是不是有別人了

還沒來得及開口
你說你隔天要忙先走
接著門跟心
一起被關上
狠狠地

如果你真的沒時間愛我
我想我應該
也要沒時間恨你才對
但時間是站在你那邊的吧
否則為什麼
我遲遲無法將你融化

或許因為我不是巧克力
也沒有
遇見冰山的好運
正值溫室效應

我只是
我才是

你在外面的

那個別人

2019/01/30

白色恐怖

雨點般灑落胸前
是你的慾望
在瘋狂加熱的冬季
盛開精液

蝌蚪如果都變成青蛙大概可以塞滿五個地球
不知道能不能填補你的心就算只有一點點

2016/01/01

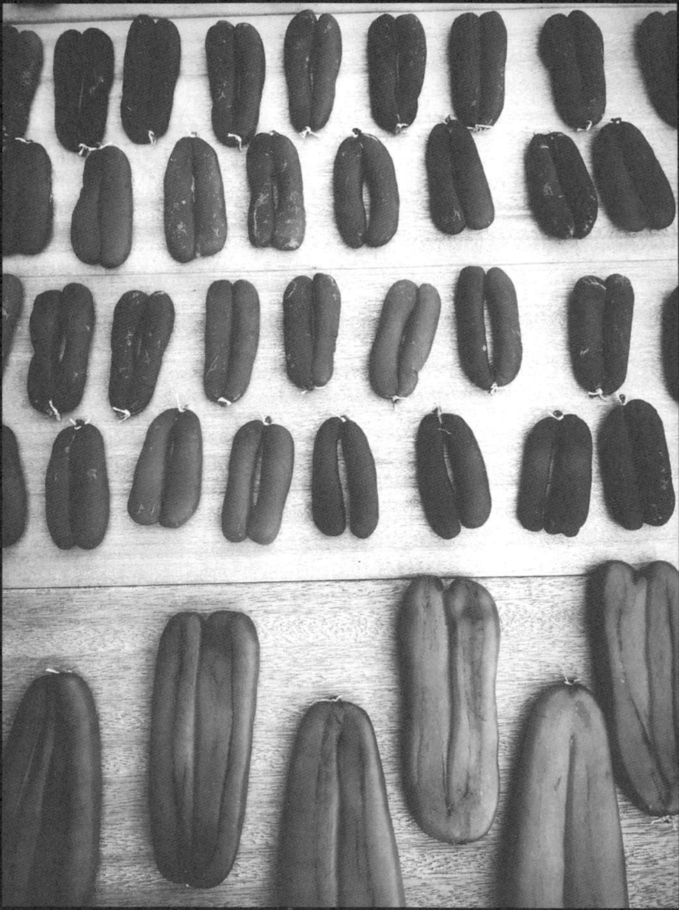

妄想症

想成為嫦娥
如果你是月亮

想成為秋水
被你望穿

想成為尋芳客
目睹妳虛偽的淫蕩

想成為告解室
承載妳的謊

想成為一面鏡子
讓愛人們注視彼此臉龐

想成為自己
再也不害怕被誰遺忘

2018/10/26

別擔心今晚她要加班

沒有酒精時
我們都是混沌的
幸好我們從來不追求
何謂清醒

妳說不清醒很好
慶幸我們擁有夜晚與清晨
待彼此的血緩慢流光
讓月光
讓日出
把傷口晒乾

我聽了妳的詩情畫意
只看見傷口
先結痂
後留疤
但不被誰掛念

人們交替著不同體溫
只為了幫自己去腥

我曾愛過很多人
又不是真的那麼愛
我不是那麼愛

又 習慣活在習慣之中
每次陌生的費洛蒙開始瀰漫
我跟她的熟悉的家
總誘導我無法克制去品嘗
美食就像妳

掏出所有不堪骯髒的祕密
換取彼此今晚信任
還唯恐不夠褻瀆或真誠

在事後接一個美夢般不經意的吻
結果才發現自己得到滿口精液

2015/11/01

2018/12/22 修

屍體

喜歡你的黑色鬈髮
濃密胸毛搭上寬闊肩膀
喜歡你的敏銳指腹
刺激每個飢渴的觸覺按鈕

熾熱而溫柔的
愛撫
親吻
擁抱
交溝

溼透我久旱的
生活
眼眶
下體
身軀

喜歡我們不帶罪惡感的偷情
就像禿鷹
啃食彼此
沒有愛的婚姻

2014/06/14

星期四情人

從不過問浴室杯子裡的另一枝牙刷
反正來過夜時我都會帶自己的旅行組

也不過問為何不能用抽屜裡的保險套
反正我一直都有按時吃事前避孕藥

你總說人要為了所愛做一點壞事
我知道並非每件壞事都有愛的成分

如同我是你不能公開的壞事
也成為最終被定罪的壞人

2019/02/28

柏拉圖遊戲

妳跨坐在我身上
扭動身軀
努力不懈
擺脫這個舊年
甩開家中的一切

我為妳綻放白色煙火
揮灑最後的狂熱
剎那間
妳笑開了然後
流下眼淚

我知道妳為什麼哭
但妳不會把原因告訴他
我知道妳只是愛我的身體
時間到了總記得
準時回家
做個好太太

明明討厭沒有性的生活
為什麼又堅持嫁給他？
我曾問

妳說

這是最極致的愛

寧可他的身體不屬於任何人

也不想要他有被搶走的機會

2019/01/02

挪威森林

不夜的青春
活在真愛的屍體中
我們彼此撫摸、親吻、擁抱
在不同身軀裡頭達到高潮
然後道別
從沒記得過

我只有一輪明月的浪漫
把悲傷耗盡在陌生人床上

2014/09/28

浪子

把勃起的陰莖放入妳口中
妳沒拒絕我
就像這次我突然回來了
妳仍為我開門
然後再上鎖

「我這輩子做過很多壞事
但是從沒對妳說謊
就算我離開妳的方式很爛
我也真的沒有不愛」

完事後我緩慢對妳說
接著妳哭了
像是要用淚水沖淡對我的怨恨
止不住傾洩
但也不可能原諒

我知道我一直都不是好人
但妳總替我惦記那些
我做過的好事
被愛著的時候渴望自由
自由的時候想起妳
超越寬容
的溫柔

想把世界上所有浪都摘下
拼成一束不凋謝的花
送妳
或用我一生踉蹌
換妳一世沒有悲傷

海風很涼

岸邊有燈塔
但我早已無法回頭

2018/12/01

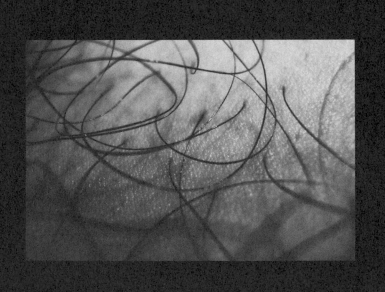

偷情

你買了一副眼鏡給我
是黑色的

我買了一頂帽子給你
是綠色的

我們共同豢養的夢
是相反的

我們一起拍了一張合照
是透明的

2018/12/19

婊子情書

替你脫下衣服
不為了做愛
只是想仔細看著你的身體

我知道上頭有不少女人的痕跡
各行各業、形形色色
但味道還是你家沒換過的沐浴乳
一如你二十年來沒換過的妻子

見面時我們最常笑著或笑著沉默
不見時我除了自慰和看書
最常寫詩給你
儘管你從未看過
然而看與不看你始終都深信我的愛

感受你進入我體內
感受你注入我生命的溫熱
感受不是唯一卻是第一的幸福

沒有比偷情更讓人感到圓滿的事了

2018/04/13

越洋電話

我擱淺在你心裡的旱災
猶如沙漠中的金魚
可惜我沒有
七秒記憶

所以我記得你
怒火中燒的模樣
看著我跟他的對話訊息
沉默不語
試圖想開口問些什麼
最終依然沒打算讓我解釋
也忘不了你最後一次
試圖擁抱我的痛苦表情

後來他離開了我
一個瞬間的事
甚至比擁有我更迅速

於是我明白
外遇像是打一通越洋電話
時間如此短暫
卻得付出昂貴代價

殊不知在明白了以後

我的信用卡依然負債中

2019/01/15

愛上一個雨季

臨走前你叮嚀我把保險套丟馬桶

穿起那件跟分手日一樣的外套

悠哉漫步離開我家

如同熄滅香菸那般容易

擁有我也是

甚至不留一點灰燼

至少還有臆測是正確的

你就是你

對她與對我沒有不同

總是忠於自我

順從原始欲求

過去我曾為許多女人掉淚

因為你不只有我一個

那些女人（包括我）也為你掉淚

儘管你選擇誠實如孩童

如今

你們也注定會走向潮溼的街

找一個公車站牌等待

她拚了命努力成為一把傘

我是雨滴

大家都是

等到放晴時比較適合出遊
但有些人不一定喜歡
好天氣的浪漫

2018/11/16

蛹

與各種不同的靈魂交配
習慣在我家後門吻別她們

有些婊子總罵我是浪子
卻仍瞞著老公抱著孩子來找我
我知道哭聲會被淫叫蓋過
不會說話的嬰兒
不知道自己是共犯

有些女孩說我是她最愛
也不停測試我口袋
是否認同她口中愛我那般
深不見底
我買了很多禮物只要我可以
反正當買春也不是不可以

我不曾對她們說愛
因為我知道這並不是
但也不曾否定
因為我不確定真的不是

她們做完了愛就走

我總是寂寞

即使難耐

跟妳在一起的日子就像逃亡

妳給我一滴淚
我就看見了妳心中的海

挑逗悲傷，親吻肉慾，不停墮落
暗流洶湧再也沒辦法停下來
直到妳可以愛我的那一天

或是我們都願意
只是擦肩

失防的浪可是會溼透人生的呢

2014.07.10

馴獸師

妳說妳愛我的時候
我是相信的
看著妳溫順乖巧為我口交
用妳習慣親吻他的嘴

妳不只愛我一個
我也是知道的
妳在我身下臣服的時刻
他們才是第三者

2019/01/13

撲殺

你說要把我變成你的形狀
以後回來愛我時才會感到歸屬
我很希望能好好安慰你
但你只想被狠狠慰安

你選擇走的那個早晨
我在平時總一起泡澡的浴缸
剪下了多年長髮
白色瞬間被許多黑刺穿插
我血流如注
鮮紅在心底蔓延開來
直至陰道
如同被你奪走一切的那晚

「你說你真的沒辦法
你不是故意的
你有另一個家庭
你也要照顧她」

四個你都沒有提到我
沒有一個你是為我擔憂
我想撲進你懷中然後殺掉
四個都不愛我的你

再從彼岸花叢中找出一千根針
為你吞下
換取不會說謊的一個你
帶回家

這次
我會先剪成跟她一樣的短髮

2018/11/06

職業欄

我把租借來的護士服
拿去店家歸還了
也把暫時借出來的你
送去最近的車站
晚點就還給她

昨晚你說想玩角色扮演遊戲
我只好匆忙去借了服裝
在你匆忙發洩過後
如同以往若無其事穿上衣服

「如果妳當護士的話應該很不錯」

你讚許著我剛才的表現
儘管與護士這個職業完全無關
求職時也沒有欄位可以讓我寫上
我很會做愛
這件事情

我只能稱職完成每個角色
同時擁有許多身分
但沒有一個是你的愛人

2018/10/27

譬喻法教學

女人的陰道如同馬克杯
價格便宜又隨處可見

明知道同一個可以用很久
甚至用不壞
卻還是想一直買

/

男人的陰莖如同自栽蔬菜
滿盈著喜悅帶回家
悉心照料
殷切盼望成果

但灌溉過度的愛最終走向了腐爛

2019/01/10

你

每個和我睡過的人
都說我是好女孩
但他們沒有一個愛我

在這個來去無數的房間裡
各式各樣體液反覆交換
我是不變的容器
裝了每個過客
沒有被浪費掉的青春

後來
我結婚了
選擇踏入愛情的墳墓
同時也發現
原來始終不是愛情

你只是再也找不到
一樣爛掉的人互許終生

2019/04/11

私奔

奪走我初夜的人死掉了
彷彿
我沒有過處女之身
不曾如同初生小羊般
純白潔淨

從那之後我依然度日如昔
打開門便微笑迎接
心安理得收那些男人們的錢
在每次的服務結束後
沖洗掉他們難聞的香水味
缺乏賀爾蒙的汗與精液
並且打從心底
唾棄自己

但僅止於離開飯店前
當我走了出去
就真的是走出去了
忘記那兩小時發生的事
不記得他們在我身上下雨
只見外頭豔陽高照

賣身很難遇到真愛
掏心掏肺也不一定能

更何況

他已經逃走了

從這個充滿幸福戀人的世界上

2019/04/19

賭注

這雙替我穿起婚紗的手
曾讓許多人高潮顫抖
或許現在依舊

過去我也貪婪迷戀
那些戴著婚戒的手愛撫我
看著他們手機螢幕的甜蜜合照
解鎖後用來錄影偷情的性愛影片
像是解鎖人生某個成就
離開前再匆忙刪除
卻刪不掉對我的情感

如今輪到我了
我知道是我應得的
也沒有人能贏得

婚禮上
你笑得像初戀
綻放最純潔的誓言

從今往後
我將奉上僅剩的青春
專心臣服於你
甘願被歲月緩慢地摧殘

籌碼無上限
只為一場幸福博弈

這局
沒有莊家

2019/04/10

輯二
愛之病

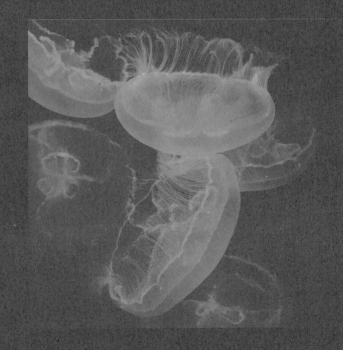

五件討厭的事

討厭說謊
但實話總讓人傷心
不掉眼淚就是堅強的話
為何我站不起來

討厭自己那麼努力
差點能成為一個擅長等待的人
然而火燒太快
雨總是來不及下

討厭你那麼愛錢
卻一點也不願意愛我
我如此富裕
感情餘額總是赤字

討厭心酸的感覺
明明大家都說酸鹹可以中和
為什麼鹹性的眼淚
沒讓我復原

討厭大部分美好的話語後面
都會被加上「但是」

比如：我愛妳但是

而不是：但是我愛妳

火星人的愛情

覺得火星的氣候太冷不適合牽手
我想一定是這樣所以我才單身

只不過

水星太熱
月球太寂寞
地球太多混蛋

「報告艦長，我要去外太空找尋真愛。」

2016/01/02

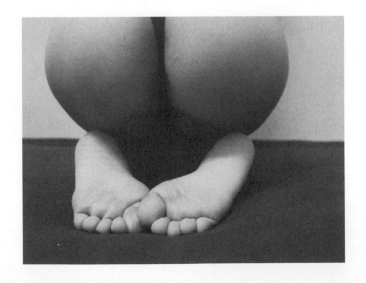

世界上沒有明年

雨後的清晨我披衣出門
為你買一份熱的早餐
趁你熟睡時
凝視你日漸衰老的容顏
一如我
韻味逐增的身體

同一條被
同一種傷悲

/

眼睛也是雨天
她的香味在我肩上
唯獨穿不起你們
那些年的歲月

逃跑似經過那些跟我不熟的街
像貓咪沒有聲音
像影子沒有腳印
像撲火的飛蛾找不到水
才想起從沒聽你說過任何一句
我愛妳

/

咬著漢堡
你開口問要結婚嗎
如果要的話那我們就先訂在明年吧

你知道我願意為你學習煮一桌菜
為你持家、為你生幾個孩子
我知道我會不顧一切的假裝聾盲
相信你也會為了我試圖假裝懂得愛人

你活在陰影中的模樣成了我往後的信仰

2015/05/20

囚牢

以前愛的人
如今被別人愛了

以前恨的人
如今我還恨著

2018/12/07

末日預言

如果你是個
害怕麻煩的人
還是別被我喜歡上比較好

也應該減少你眼角餘光過多的暗示
骨子裡知道自己能得到我的趾屐傲氣
你輕鬆說著把她替換掉與我無關
單純只是你個人的生活習慣

我不是麻煩
也不會帶來麻煩
基本上
我是災難

2019/01/04

共蝕者

不知道她為什麼回來
但我並不在乎

彷彿挨餓的孩子
突然有人施捨
我貪婪吞嚥她的身體
好比斷食後
獲得饗宴

只有她的愛液能淹沒我的不安
讓我在發射後依然停留宇宙
享受浩瀚無垠的
沒有被命名的
探索之旅

事後已經是很久以後的事了

溼透的她枕著我手臂
汗味香味依然是記憶中的
聽她說著各種經歷
各種我沒參與到的故事
說她這些日子
說她想我
說她愛我

只是從不說實話

2019/03/03

告白

渴望安定
卻害怕放在一起的雞蛋
彼此相互碰撞

著迷時光
卻擔憂浪的持續拍打
將愛磨為石塊

關於承諾
明白這如同以卵擊石
注定敗給貪婪

所以我只要一夜
如果妳也

2018/12/20

忌戀日

投影機終於修好了
但被你弄壞的我沒有

那些電影我不敢看第二遍
害怕不小心想起我們
最喜歡的臺詞
腦袋瞬間湧入一股黑潮
深陷漩渦無法脫身

只是天臺那面白牆還在
鞦韆也是
風一吹便隨之擺動
當初是你堅持要掛上的
你說這樣可以一邊搖晃世界
一邊欣賞城市夕陽

直到後來夕陽再也不見
沒有橘紅色的美夢
徒留長夜漫漫
才明白
原來你口中的搖晃世界
是我的生活
原來眾人正欣賞著的
是顛沛流離後的宇宙風景

那幀畫布殘留的顏料已經斑駁
我想重新堆疊得更濃稠些
比嫣紅更深的血紅
抑或流產後的深紅
用來點綴我們曾走過的路
以及你著迷不已的
彼岸花
附帶花語

讓女孩失戀與墮胎
對你而言都是無心之過
被拋棄的愛人
等同
死去的生命

2019/01/20

我願意

妳是一面被淚水洗白的牆
如果可以
我願再次為妳上色

妳是熱的月光跟涼的太陽
如果可以
我願當永不偏移的換日線

妳是凝結在懸崖邊的一朵花
如果可以
我願不顧一切將妳摘下

「我並不愛你」

『但我願意』

2014/11/12

幸福的人無需道歉

「即使討厭你，不代表我們不能坐在一起吃冰淇淋」

我想我最愚蠢的地方
在於相信
每個跟我坐在一起吃冰淇淋的
都會是好朋友

若有人願意分我吃一口他的冰淇淋
我就以為
這是因為他愛我

殊不知他只是沿路走過來
遇到的人都餵一口

沒關係
我知道你不愛我
但不怪你
因為這不是你的錯

2018/12/31

我可以不會游泳嗎

你眉頭一皺
我的心就泛起波浪
狠狠拍打在
沒有氧氣的地方
痛感依舊

神經衰弱後窒息
沉溺大海

就像在無垠的沙漠中尋找玫瑰
最終只好用仙人掌偽裝
關於太愛你的這個錯誤我願意
接受任何懲罰

除了失去

2015/12/05

冥王星愛情

今日天晴
你跟我約在天文館
進行最後談判
那是我們第一次約會的地方
當時你說我像太陽
總是笑得溫暖

其實
我準備了很多臺詞
打算反擊或者感動你
可能熱淚盈眶
可能激昂咆哮
可能情緒滾燙

無所謂
最終只要你能留下都行

但什麼都沒發生
你沒有生氣
我沒有哭
你沒有責備
我沒有開口的時機

僅僅得到了一封信

換取你的背影

「我們都喜歡宇宙科學
我也相信永恆確實存在著
曾經妳是我的太陽
如今妳是冥王星
但並不代表愛情沒有來過」

信紙跟眉頭一起皺了
我找不到垃圾桶
假裝沒看見有資源回收

從此以後我開始討厭歷史
因為我成為了你的
已除名

2018/12/14

純屬虛構

你的愛如同末日預言
最終都沒有到來

末日辜負了人們的恐懼
你承載了太多期待
不準時的浩劫尚未被寫成故事
說書人只好假裝自己痛苦過

預言家們議論紛紛
找不到是哪裡出了差錯
女孩們也不遑多讓
非得要吵出一個答案
誰才是你的最愛

天光微亮時
我經過應該崩塌的道路
前往你的墓碑上香

她們不放棄成為第一名
卻先放棄了找尋你的下落
沒有人怪你突然失蹤無消無息
只是忿忿不平忙著準備
你某日回來後的地位爭奪賽

這是我占有你的最好方式
我不知道你會不會因此恨我
但如果不這樣做的話
你就永遠不知道我多麼愛你了

對吧？

2019/03/14

除法愛情學

進入時堅決如你不曾做到的承諾
離開時卻沒把我體內的哀傷帶走
淫水伴隨潮吹噴了自己滿臉
我睜不開雙眼而看不清你

像這場自打嘴巴的愛戀
像我為你流過的眼淚

再除以好幾萬倍

2018/12/07

單身動物園

「在這裡找不到伴侶的人
都會變成一種動物
但也擁有第二次機會
再次找到伴侶」*

你選擇狼
那是最忠貞的物種
認定後至死不渝
你說

我選擇你
相信承諾之重
相信愛情需要等候
相信最甜的果實
總留在最後

事與願違

成為動物你沒資格
第二次機會你不需要
你不是非我不可的那狼

你
是

人
類

＊附註：改編自電影「THE LOBSTER」中的臺詞

2018/11/15

等不到天亮了

做錯事的人才會掉眼淚
所以我不必哭
可是眼中住了一片海
即便遇見豔陽
也依舊無垠

「還是要往前航行吧！」
我質疑遠方卻聽話照做
你明明知道我永遠無法拒絕你
明明知道的啊

你說了那麼多的謊跟愛
我全部相信
我們在沒有被記錄過的島上生存
打開地圖找不到目前所在地
就像打開你的心
找不到自己

我等不到天亮了
人生已經壞掉
自從愛上你的那夜

2018/11/14

愛

被馴化的獸
是我限定勃起對象的
老二

妳才是老大

2018/12/19

愛之病

想把愛過我的人
全部囚禁
裝進培養皿

研發出世界上最強大
毫無解藥的病毒
基因純粹
超越瘟疫及寄生蟲
超越任何絕症

然後擴散
擴散
擴散
擴散
無限擴散

增加我往後被愛的可能性

又或者
讓那些其他可能被愛的人
全部被摧毀

2019/01/21

煙火

碰到了太多急著想脫罪的情人
從此便認為自己是燙手山芋
人人都搶著丟掉

他們每次看我流淚
總是慌張著說為什麼哭了呢
有什麼做不好的都可以講
想問什麼都可以問呀
我依然沉默
知道問了也沒有答案
都只是理由

往後我也成了那些
他們解釋給新歡聽的理由
誠實不一定讓人快樂
謊言就變得很甜

直到有一個不怕燙的人出現
願意接住我所有煎熬瘡疤
輕聲細語對我說話
然後握住我的手
點燃引信

我將這稱之為

炸彈客的浪漫

2018/11/24

數羊

每天睡前
我會把所有跟我做愛過的人
從第一次到最後一個
全部數一遍
他們的名字跟尺寸
我都沒忘過

數完後牢記著那個數字
心滿意足閉上眼睛

並且相信自己真的被那麼多人愛過

2018/12/11

避難所

我的貓有你們的味道
借住了幾天
牠好像快忘記我是主人

你們的床也有我的味道
做了幾次愛
但你沒忘記她什麼時候回來
沒忘記她的棉被位置
小心翼翼不讓我
沾溼床單
弄髒她精心布置的愛
情套房

也是你風流慣了的攤販
招募寂寞患者
出售浪漫
換取不靠岸的港灣

其實那些流下的東西並不下流
令人作嘔的是
你下流，她們留下

2018/11/10

關於愛情的想像

愛上你以後
那些都變得不一樣了

花不再讓我過敏
海是溫暖的
夏天的草原適合擁抱
吃早餐時不睏
你喜歡的歌我也都會唱

/

你離開以後
那些變得更不一樣了

枯萎後沒有重生的可能
藍色代表痛苦
炎熱季節讓我變成嗜血的母蚊子
夜晚才開始覓食
吞噬每一種你可能愛的聲音

2019/02/04

劣質魔術師

在這場名為相戀的演出中
來欣賞的觀眾們似乎都很開心
沒看穿你毫無破綻的謊
掌聲歡呼絡繹不絕

儘管事實上

除了心
你什麼都不會變

2019/03/29

我的寵物與她的情婦

擁有妳的時候
她尚未產生
如同懷胎時尚未知曉
孩兒往後的名字

豔陽下彈琴
音符渲染成綠色
是我最喜歡的草原
與之相關
我應該感到榮幸

在海邊身穿純白洋裝
以青春曝晒
將手中快門獻給妳
眼底的她

家裡沒有暗房
沖掃底片必須遠行

如果愛情授權於春
那妳們就該是夏
讓兩朵花
成為彼此的浪

2019/04/25

使用說明書

我是一個簡單的人
規則並不多

你不需要最愛我
也可以不只愛我

但

必
須
愛
我

讓我確切感受到的那種

2019/04/06

愚人節

今天即將要結束了
我快沒機會說愛你了

用盡所有勇氣出發
拿著花束守在你家樓下
天色漸漸暗
夕陽完全沉進燈火闌珊時
你終於出現
不疑惑我在這等的原因

最後告白成功了
你沒發現今天的節日
或者沒拆穿

我們就這樣
輕易相愛了嗎？

你所說的謊
你自己相信嗎？

2019/04/02

影子

刪掉為你寫的每首詩
我的腦袋無法格式化
撕下牆上有你的合照
沒辦法重置破碎的心
最終只能用模仿療傷
我努力成為你的樣子
丟棄所有你交給我的
就像你將我丟棄那般

2019/04/20

贅字

我想這都是國文老師的錯
沒有好好教導他們用詞遣字
後來每個和我告白的人
總是多說了一個字

我知道只是個贅字
不太優雅的贅字
並不影響他們對我的愛

我也覺得他們在激烈交媾時
仍然不忘趁機對我告白
本來就很容易不小心出錯

「我真的好喜歡幹妳」

2019/04/24

輯三
布娃娃

大風吹

小時候的戀愛遊戲
是彼此喜歡卻不在一起
朝朝暮暮玩著捉迷藏
不被稱謂給抓到

長大以後不玩遊戲了
人們簽字結婚彼此互許終生
再也不想配偶欄空白著
填補上法律責任後
有名分的忘記怎麼愛
記得愛的
無法讓愛是唯一

從小開始我就被大風吹困住
玩膩的跟玩贏的都走了
只剩下我不願服輸
反覆奔跑在各種面孔之間
碰撞來不及結痂的傷口
堅定相信自己會在長大之前
成為贏家
一次也好

長大後我依然努力
努力假裝不知道實情

期待被愛的命運
就是大風吹
題目如何日新月異
玩伴再怎麼更換

我永遠都搶不到位置

2019/03/21

不孕症

叔叔把他的牛奶射進我嘴巴
送了我限量版的人魚公主
摸摸我的頭對我微笑
要我乖乖聽話長大

我把這件事告訴媽媽
她看起來很緊張
後來媽媽說這是我們跟叔叔
三個人的祕密
我不能再告訴任何人

長大之後
有很多人也想把他們的牛奶給我喝
或者注入我體內
我因此得到了非常多比人魚公主
更昂貴的禮物
媽媽問我為什麼有這些
我就全部都說了

被生氣的媽媽帶到醫院之後
做了很多奇怪的檢查
我不知道他們為什麼要吵架
後來醫生拿著報告說
「妳女兒不孕還真算是不幸中的大幸」

媽媽開心的哭了
回家後我也沒有被處罰
好像什麼事都沒發生

她再也沒有問我
為什麼會有這麼多禮物

2018/12/03

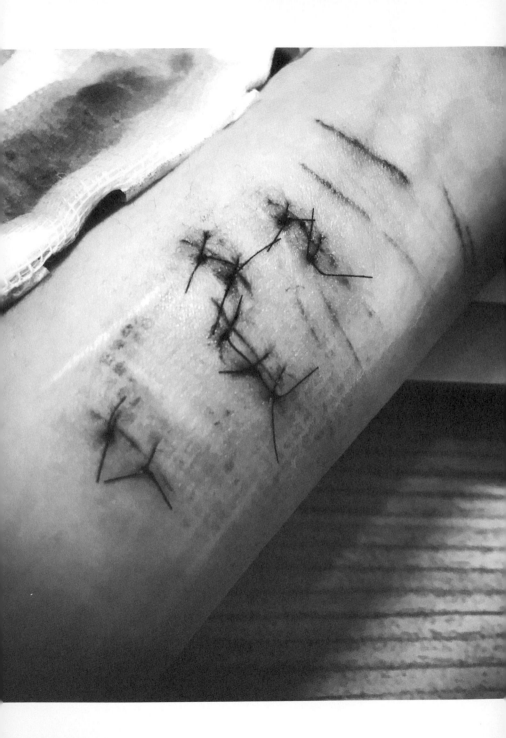

布娃娃

每次被縫起來的時候
我都會以為
壞掉的人生有救了

我會變成新的

重生之後
會有下一個主人出現
並且愛我

2018/11/24

數學課

數著來回的次數
數著進出的次數
數著受傷的次數
數著壞掉的次數

最後滿分的是我的眼淚
零分的是沒你的人生

2019/04/11

你知道動脈在哪裡嗎？

當我在病床上醒來的時候
傷口已經縫合完畢
急診室很多來來去去的人們
帶著恐慌哭嚎
不停奔跑
深怕一個不小心跑慢了
愛人就死了

我被歸納在自殺未遂的個案
社工與家屬必須探視過才能離開
天花板是有點髒髒的米黃色
隔簾也是血漬汙垢不少
想著夜晚到清晨
我花了多少力氣忍耐與等待
但依然等不到答案
也忍不住手裡的刀

擁有幸福的人是無罪的
每個人生來都應該被愛著
我只是運氣不好
而已
配不上給承諾的人
所以承諾就被偷走了

病床沾滿眼淚
還有我乾掉的血跡
溼潤的淚水把血跡重新暈開
開出一朵無語的花
讓惡言悲鳴全都吞回腹中

醫師經過病床時探頭問
「現在身體狀況還好嗎？」
應該是例行性關懷
但醫師
你忘記縫合我左胸口的破洞了

2018/01/20

我不會也沒有

店會關門
前男友會結婚
情人會說謊
你會走

/

刀刃沾滿鮮血
挖出來的心臟還在跳
身體跟謊言
同時戳破
讓你以為還有逃跑機會

2019/01/27

我只會寫詩了

把情感揉成一張紙
寫完之後
為你吞下

像你射在我口中的溫熱
一樣

我樂於占有你的陰莖
熟悉你口腔的構造
知道你最喜歡抽什麼菸
穿上內褲後
將它擺放的老位置

在你許多喝醉求歡的夜晚
我累積多日的相思才終於能爆發
逼我用親吻去拷問你的忙碌
為什麼沒有每天說愛我
雖然你明明每天都愛我

我用指腹將塞劑推入陰道
這是你來過的證明
每次你走後我感受著痛楚灼熱
知道自己又要因此發炎

從不貪圖白色液體給我的快感
卻只是本能想滿足你
被你撕裂也無所謂的那種

當你抽起事後菸
我就寫詩

我只會寫詩了

2018/06/09

2019/01/04 修

紅色斑馬

我是一匹受傷的紅色斑馬
因為我是紅色的
沒有人知道我受傷了

他們以為條紋會暈染是正常的
就像馬類都理當被圈養一樣
我就這樣一直痛苦流血
直到他們發現我不適合待在這裡

自由總算臨幸了
回到熟悉的草原時
死亡與我相遇

但沒見到妳

2019/01/05

殉情

蛆從陰道裡爬出
腐肉味四溢
這樣的身體他們會著迷不已
包含你是
我也是

白皙肌膚屍斑遍布
像一塊昂貴的藍紋乳酪
纖細的四肢已習慣被人愛撫
豐滿的乳房從不乏人吸吮
口交與親吻的最佳脣舌
非她莫屬

第五天
炎熱氣候讓她更快速崩解破碎
完整的是現在你只剩下我了

時常想著該如何怪罪你呢
所有男人難以抗拒的她都擁有
如果我是你也會選擇淪陷
如果你是我也會不忍責備

這樣的她
使每個雨季變鹹

讓人嘴裡吃糖
卻苦水滿腹

曾說過要死就一起死的那個你
從我心中逃脫失敗而被埋葬
但是沒關係
承諾不如同生命孱弱
至少
她完成我們的夢想

可以跟心愛的人一起死掉最幸福了

2018/11/04

紋身

女生應該保有乾淨身體
乾淨的才惹人喜歡
有人喜歡才是幸福的
長大後我沒有選擇乖乖聽話
沉溺各種記憶烙印的瞬間
所以用身體盡情揮霍
擁著滿身刺青

我愛過的人
喜歡的詩
修補後的心臟
鯨魚的頻率

後來
我時常看著
那些乾淨身體的女孩們
做著無比骯髒的事
流下幾滴淚
就因此被原諒了

紋身是古代懲罰罪人的方式
如今變成懲罰好人的方式
好孩子聽從父母的話
選擇了乾淨身體的女孩

幸運的人因此幸福
有些人則不小心受苦一輩子

我的心沒有被弄髒
但社會上每一雙眼睛
都說我是黑色的

2018/12/08

密室意外

在這不見光的小宇宙
正式宣告逃脫失敗

沒有其他選擇了
哭泣也只是在浪費氧氣
我的世界剩下紅色
像你給我的
白天黑夜

我們緘默著迎接殲滅
不語卻已道盡所有
收藏好彼此祕密
然後成為
彼此的祕密

含氧量逐漸降低
荷爾蒙卻反之
想把僅剩的全獻給你
打包密封後小心翼翼保存
唯恐如同森林晨霧
眨眼便散去
包括情慾

或者愛情？

視線開始逐漸模糊

暈眩之際你問我

怕不怕一個人先離開世界

我說不怕

用氣音把遺書遞到你耳邊

讓你拆封後存檔在心臟

「若能被你姦屍，死也甜蜜」

2018/10/20

從被愛到悲哀的六步驟

顏射

這是性交中最可愛的失誤
就像我們不小心相愛了一樣

告白

不喜歡蘿莉
但喜歡妳

親吻

融合後分不開的唾液
是否如同交媾時的愛液

落紅

太過深入會疼痛
有些事情適合輕輕的

墮落

如果沒辦法為了愛人生孩子
至少也要為他拿一次孩子

失戀

我點燃了火
在旱季

2018/11/28

經期

雨下不完
晚餐也吃不完
放到最後都變涼了
再來就壞了
像是等待你回來的心情

看著應該不會中獎的樂透彩券
想起馬上忘掉我的前情人們
他們曾經那麼熾熱
將我活活融化
臨走時卻不讓我活活死去

我知道有一天
你會變成他們
腐爛在我心中變成養分
被我寫成一場喪禮

然後
新的你會出現

週而復始這樣的愛
週而復始的苦悶
週而復始尋覓不著
週而復始的

停損點

2019/02/05

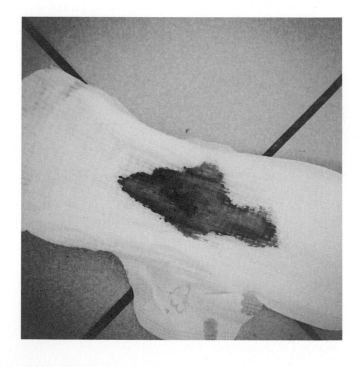

聖誕禮

今年冬天很冷
妳哭成一面湖泊
湖的周圍長滿了樹
沒有人去釣魚
沒有人裝飾
幸好妳也沒那麼喜歡聖誕樹

掏出腦袋想恢復原廠設定
可惜密碼始終輸入失敗
妳那些無處安放的愛就只能成熟
回不到還只是顆無意義種子的時候

破冰太難了
妳依然只能是一面湖泊

想起那晚
妳的頸部是紅色的
在他眼中看起來是緞帶
在眾人眼中是割痕滲血
將妳拆開時
妳說妳第一次感覺到自己活著

他溫柔而殘忍
讓往後變成湖泊的妳

毫無怨懟

「嘿，聖誕快樂」

2018/12/25

解除條約

在一個平靜的夜晚失去主人
項圈從我身上被緩慢摘除
已經許久沒有這樣暢快呼吸了
只是空氣冷到像在肺裡擁有冰山

心中豢養了成千上萬的金魚
總是期待七秒過後一切都會變好
但在第六秒被選擇放生
無數記憶就此被二氧化碳泯沒
化為成堆透明且不會被察覺的泡沫

沒有人在乎
也沒有人哭泣

2016/03/03

試不過三

枕頭套上溼了一片對你的貪婪
夜裡飛行，清晨擦淚
在妄想深淵之中不停自慰
顫抖著感到幸福

被神祕感征服後席捲自我
跌至看不見盡頭的沉淪

沉淪著歡愉
歡愉著沉淪
直
到
死
去

情人間沒被戳破的謊言就像瘀青
沒有傷口
卻不曾停止疼痛

有好幾次
我真的差點以為我就要幸福了

2014

漂流木

說謊的人都在微笑
假裝沒殺過誰
挖出還在跳動的心臟
唯恐不夠新鮮

她們都是一樣的
不需要玫瑰
指尖帶刺便足以擁抱
所有人類
利刃藏在甜膩雙眸之中
融化多少光明
踩踏善良的屍體
往更乾燥的地方走去

我只能沉默
一開口便被風雪強暴
依然等待港灣燈塔的指引
能帶我回去
有陽光的島上

無情人的眼淚是鹽水
海水是情人的眼淚

2018/11/22

我是在雨水出生的孩子

落地那天
時節是雨水
於是我就像個雨天
從小溼著眼眶
求大家愛我

我在哭的時候
他們在笑
他們都在哭的時候
我也笑不出來

晴天娃娃只是白布包裹起來的謊言
像爸媽把我關在籠裡說這是因為愛我

2019/02/13

公關票一張

你發了文又刪
你刪了愛卻忘
你忘了愛便氾濫
你愛了夢成荒涼

劇場上只剩我還在
我還在努力演完
並且期待薄弱的鼓掌

2019/05/07

說好別哭

選擇按下開關
妳像池水被抽乾了
所有給他的
青春愛恨

遇見妳的那年夏天
我漂浮在人海中
妳說妳剛好也不會游泳
如果要溺斃
能不能一起

　？

從此以後
我們一起壞掉
不再期待可能變好

瘋狂嗑藥
拚命做愛
互喝對方的尿
研究化學物質在裡頭的味道
使勁數落彼此的愛人
放肆出軌
平衡內心的浪

後來
妳決定要好好愛他
還是想要為他披上白紗
成為賢妻良母
懷上以他為姓的孩子

雨天時練習撐傘
出太陽就要笑
忘記那些體位留下的形狀
確保一切恢復正常

如今妳泣不成聲
拿著沒簽名的墮胎同意書
哭倒在我懷中
壓垮你們最後的稻草

像一片沙漠
失去僅有的綠洲

。

我答應妳
可以一起撫養他的孩子
沒答應妳
相濡以沫後

不會相忘於江湖

但我們說好了
我們說好
說好別哭

2019/03/29

蝴蝶效應

有些事是永遠不會好的
像我每個犯下的錯
受害者將終生難忘
其實她們的老公並不愛我
我也只是不甘寂寞而已

有些事是永遠不會好的
初戀男友手機聯絡人中的「寶貝」
那組號碼不是我
從此以後
我禁止任何情人喊我寶貝

有些事情是永遠不會好的
年幼時被叔叔強暴後的撕裂傷
往後不論與多少人做愛
或者被愛我的人舔舐
都一樣疼痛

有些事是永遠不會好的
當我尚未形成一張超音波照片
他們為了要不要墮胎爭吵
結果堅持生下來的人
也堅持離開了

2019/02/19

遺言

像花刺的愛情被謊言摘下
瞬間幻滅千萬年信仰
我飽滿情慾而珍貴如淚的青春
消耗在你腥臭套房
只剩一坨面紙

溢出刀緣
所有流下的悲恨都用來灌溉
悼念死了又活，活了又死
光暈散開後沒有螢火蟲的夜晚
但路燈還在

平穩安詳如你們做愛時的理所當然

身披流言，穿戴蜚語
背負全世界不明白而不諒解的眼神
我不知道自己為何沉默
戴上透明眼罩
假裝耳朵養了貓

站在頂樓望著熟悉的街景
我才想起那些日子原來是朵玫瑰

2014/03/31

鹹

我不過是一個悲傷的人
在夜裡
聽著一首首悲傷的歌

還渴望能夠為你拍照寫詩
用膚淺的字句跟我匱乏的內在
完成一本關於你的詩集
自費出版傷心

你不用知道我花了多少時間書寫與掉淚
也不需要為此感動而更加愛我一些

我只想要你的鞭子手銬以及窒息
幻想還可以跟你做愛到天明
讓你摸過無數女人的手來愛撫自己

這樣而已

2016/04/19

梅雨季

長年酗酒的爸爸
清醒時不回家

我經常看著魚缸思考
想像那些
七秒後即將被遺忘的齟齬
是否也像爸爸對我的愛

房間門一直沒鎖
鑰匙在抽屜內
走進來的人無法選擇
但是離開的人可以
如果哪天爸爸願意陪我入眠
就能在臨走時幫我鎖住
最美好的時刻

我不知道為什麼爸爸那麼忙
我只知道很多人愛他
他也有很多人要愛
平常總是有很多事要做
不包括我

唯有醉醺醺的夜晚
他才有空睡覺

蜷縮在客廳沙發上滿是汗水
像梅雨季出生的孩子
像我溼答答的生活
像誰哭泣的姿態
媽媽或者
其他人們

不知道夢裡的爸爸有記得帶傘嗎？

2019/04/16

癮

極度厭惡揮之不去的菸味
但貪戀妳
帶有尼古丁的吻

後來
我跟許多女人做愛
說類似的情話
使用相同的體位
射出濃淡不一的精液
倦怠拔下已經變皺的套子

我很沮喪
她們沒有一個像妳
沒有人把我當作煙灰缸糟蹋
也沒有人像妳如此賣力
把我陰莖當作濾嘴

沒有人像妳

2018/12/26

協尋犬

我知道我的項圈上有你的電話
但那些帶我迷路的人都不打給你

被迫遷徙到全然陌生的城市
教導我生活該是什麼樣子
但我並不在乎
只覺得很寂寞

我時常給你寫信
告訴你這邊的天氣風景
我沒說我多麼想你
但我相信你一定明白
偶爾你會回信
附上不同季節的你拍的照片

春天的顏色是橘粉色
全世界都嫩嫩的香香的

炎夏你喜歡去海釣一整天
在烤魚時總吸引很多貓

我們相遇的季節是初秋
從此我認定秋天是最棒的

怕冷嗜睡的我最不喜歡冬季
只會躲在棉被等你來抱我

/

後來他不再回信給我了
我也就不敢一直寫信回家
有時好想把詩送他
只能隱喻到最深黑的影子中
夾藏在最不起眼的段落
期待被他發現
如同尋愛

更後來他連歸期也無所謂了
不再過問或者期待
那些瑣碎的事毫無分量
最後我變成他生活中的細微末節

舉重若輕

我們就這樣漸行漸遠
他已經準備好要失去我
但動作慢的我還沒
還沒喜歡上新的主人
也還沒遇到比他更好的
或者更壞的

我從來就只喜歡過他而已
不知道喜歡別人是什麼滋味
那滋味會是我熱衷的嗎
像你拋棄我一樣快樂嗎

2019/05/16

失物招領

未命名

狂妄的交媾總是
源於膽怯愛人
淫水取代淚水很前衛
前衛到不被理解
並且不被愛
不被他承載
無法允諾這份災難

妳知道他所有不見光的祕密
那些女孩的樣貌妳都記得
潘朵拉盒子裡有鑰匙
妳沒想過要開啟
生鏽的鎖
日久便遺忘

偷吃不著痕跡般一乾二淨

/

他喜歡嘲笑自己是無用的人
妳便也順著說自己是無用的愛
他沒否認也沒承認
你們之間有過什麼

濡溼的記憶是苦痛

持續生長的原因

妳試圖在沙漠尋覓解藥然而

使用說明書是一幅畫

翻譯之後字字誅心

文盲如妳

卻莫名哭泣

後來

他成為傴僂的畫家

傴僂成為不無用的人

繼續揮霍著妳

無用的愛

無邪的惡

無垠的病

最終許妳一個奔放的夢

夢中沒有他

/

妳還沒確定自己

喜歡夏天吹冷氣還是冬天蓋棉被

並且尚未得知

他是因為迷失或本質即是如此

突然一群羊從黑夜

集體失控

撞破正在分泌多巴胺的網

滴答滴答的美好樂音被打斷

黑洞宣布誕生

童年的催眠遊戲異變

暴風席捲後留下了

無數缺口的夢

在肆虐後看起來壯觀

妳將此景販售給一個畫家

從此決定愛上他

/

從沒想過有天他會回來

或者懊悔或許道歉

因此更沒想過要原諒

甚至是放棄等待

回憶你們最後一次爭執

是妳發現了妳很愛的一首詩

想要他送妳當作禮物

才知道那本詩集已經絕版

如同生命中的好人一樣

但妳不信

哭著說怎麼可能呢

應該不可能的啊

其實
真的就只是這樣的
原來是這樣的啊

/

離開他後所嚥下的
妳的每一口飯
都苦如精液

病入膏肓是妳
沒有好過的命運

2019/05/07

夢中夢

這張雙人床那些人都睡過
明明如此熟悉我的身體
公寓的地址
警衛的長相
貓咪的名字

只是他們從不敢說
時常、曾經
睡過了我

一個表演者
滿身刺青
拋棄我無數次
口中說著各種愛

一個歌手
只有寂寞時來訪
話不算多
沒為我寫過歌

一個醫生
脫下白袍後也脫下道德
喜歡將自己的優良基因注入我體內
卻不願意替我治病

一個已婚人夫
老婆目前懷孕七個月
看似生活幸福美滿
我的沉默是他幸福美滿的原因之一

一個女孩
她說她是第一次跟同性上床
平常總撒嬌的喚我主人
讓我買給她所有她想要的禮物

無數個男人
稱讚我的裸體很美
為我的淫蕩姿態痴狂
但不曾對我說愛

就像尚未揭曉的卵
包裹著不安
每日每夜
期望有天能孵化成
美麗劇毒卻清澈透明的水母

飄啊飄
不需要岸
不需要忠誠
不需要被拯救

我為他們寫了一本詩集

2018/12/18

後記　若能被你姦屍，死也甜蜜

這是我的第一本書，收錄的寫作時期是 2014 年至 2019 年春末，那些故事與時光被壓縮成墨水，最終印刷出版成現在被你們閱讀完的詩集，是我始終最想要也最不敢想的事。

從小便知自己不夠聰穎，因此至今都是個依靠本能生存的人，包含現在的工作，甚至是寫詩，都只是出於本能的行為驅使，也因為沒有過多潤飾，將這樣的作品公諸於世實在是相當赤裸的挑戰與自白，但我非常感激這個機會是落在我身上，在 2018 年冬季收到主編邀約與鼓勵後，讓脫離高中時代就不再持續寫作的我重新提筆，也開始正視自己內心深藏的未爆彈與深淵，從每天逼自己動筆趕稿到最後無法自制停不下來，不到半年累積了近百首詩。

我是個嚴重的 BPD 患者，原生成長環境埋下的極端恐怖分子基因，在長大後的親密關係中更發揮得淋漓盡致，每個拋棄或欺騙我的人都不曾離開過我，那些血淋淋的惡夢與潛意識漩渦深植在我心底，時而患得患失、進而自暴自棄，總讓我陷入隨時會溺斃的情慾汪洋，當我發現自己能夠越來大膽談論性時，才明白我已經越來越畏怯於愛人，彷彿隨時被過去陰霾所造成的預知性恐慌給綁架著，身心皆動彈不得；唯有寫作能讓我得到暫時麻痺一切的自由，掙脫原有的姓名與性別、甩開社會道德的框架，在詩裡，我可以是任何人的投射，也可以把自己投射在任何人身上，所有故事都是假的也都是真的，我真的這麼想像過或經歷過，虛假在於我根本沒有被詩中那些角色愛過，現實生活也不惶多讓。

年紀太輕，寫不出成熟穩重或溫馨療癒的文字撫慰人心，靈魂太老，未曾嘗過甜美果實也沒有立場鼓勵誰把握青春；我只是也只能將幻想穿插現實的恐懼苦痛、切身經歷感受的一切寫下，它們是從小困住我的枷鎖、比日出更頻繁的噩夢，我想讓這些奄奄一息的嗚咽悲泣得以被聽見，幸運一點的話或許還能獲得共鳴。

有點變態的說法大概是：我寫詩不是為了讓人感到溫暖，而是想讓我所經歷的酷寒，也凍到其他人心裡，一同受難。

謝謝陪我從地獄走一回的你們。

靡靡＿Tiny

LOVE 026

愛之病

作者——靡靡 _Tiny

內頁攝影——靡靡 _Tiny

主編——李國祥

美術設計——李君慈

董事長——趙政岷

出版者——時報文化出版企業股份有限公司

108019 臺北市和平西路三段二四〇號三樓

發行專線：02-25306-6842

讀者服務專線：0800-231-705 • 02-2304-7103

讀者服務傳真：02-2304-6858

郵撥：19344724 時報文化出版公司

信箱：10899 臺北華江橋郵局第九九信箱

時報悅讀網—— http://www.readingtimes.com.tw

電子郵件信箱—— genre@readingtimes.com.tw

法律顧問——理律法律事務所 陳長文律師、李念祖律師

印刷——絃億印刷有限公司

初版一刷——二〇一九年六月二十一日

初版三刷——二〇二一年十二月二十二日

定價——新臺幣三三〇元

時報文化出版公司成立於一九七五年，
並於一九九九年股票上櫃公開發行，於二〇〇八年脫離中時集團非屬旺中，
以「尊重智慧與創意的文化事業」為信念。

愛之病 / 靡靡著 . -- 初版 . -- 臺北市：時報文化，2019.06
　　面；　公分 . -- (Love ; 26)
ISBN 978-957-13-7842-8(平裝)

863.51　　　　　　　　　　　　　　108009043